Alfred Raab

Max und Moritz aff nämbercherisch

Max und Moritz

aff nämbercherisch

Frei nach Wilhelm Busch
übertragen
von
Alfred Raab

VAH

VERLAG A. HOFMANN · NÜRNBERG

Diese Übertragung in die Nürnberger Mundart wurde 125 Jahre nach Erscheinen der Erstausgabe von Günter Ramsauer angeregt.

Gesamtherstellung:
Druckerei und Verlag A. Hofmann, Nürnberg

Printed in Germany 1990
ISBN 3-87191-153-4

Auslieferung an den Buchhandel:
M. Edelmann, Nürnberg

Inhalt

Broloch

Die Litratur, wer hätt des denkt,
hot uns zwa groußi Lauser gschenkt,
vo denna aner Moritz haßt,
zu dem als Freind der Max dann paßt.

Es stinkt zon Himml, wos däi treim,
ka Mensch ko dou net ruhig bleim.
Es is a schlimms, a garschtigs Spül,
des wou ich eich etz glei derzül.
Es recht an af, wos däi si traua,
wals Äpfl, Birn und Zwetschga klaua.
Blouß Unsinn homs in ihri Köpf,
Maniern sin nix wäi alti Zöpf.
Es ganze Dorf kräicht scho a Wout.
Af längre Zeit tout des ka gout.
Wos dou draus werd, mir werns scho seng —

Ka Mitleid homa net desweng.
Vo ihri Streich könnst Bücher fülln,
i tou ner blouß a por derzüln.
Drum homas afgschriem und bebildert.
7 tolle Sachn wern etz gschildert.

1. Nummer

Dä erschte Streich, der gäiht grod o,
etz is die Witwe Bolte dro.
A goute Frau, net reich, net arm,
Zon Lem langts scho, sie mou net darm.
A Haisla hots, a Gärtla aa,
und durch ihrn Pudl is net allaa.
A Hihnervolk kummt nu dazou,
um des ma si scho kümmern mou:

3 Henna und dazou dä Jockl,
des wor dä allerschönste Gockl.

An ihri Viecher is scho ghängt,
doch däi zwa Kerl hom anderscht denkt.
Mit an Stück Brout, genau 4 Brockn,
könnt mas doch allizam verlockn.

Dä Gockl und die Henna renna
zu däna Brockn hi und tena
in Schnobl vuller Gier afsperrn,
a sua Futter möngs scho gern.

Und dann gäihts schnell: zon Brout nobuckn,
su schnell wäis gäiht glei nunterschluckn.

An dera Schnur bleims hänga, gell.
Des gibt a Gwoschtl af dä Stell.

A jeder möcht woanderscht hi,
dä Gockl stoppt sei Kikeriki.

Und dou schau her, sie fläing nach om
und hänga scho am Obstbaum drom.

Des dumma Viehzeich is am End.
Derstickn tenas, Sakrament.

Die Henna leng nu schnell a Ei,
und dann sins hi, es is vorbei.

Dou schau, die Bolte rumplt houch:
„I maan, es gibt a neia Plouch.“

Korz draf kummt scho die Witwe gloffn,

Allmächt, däi hätt dä Schloch bal troffn,
wal ja dä Gockl und die Henna
ganz plötzli net am Lem sei tena.
„Ka Zweifl net, es wor a Traum,
etz hängt er an mein Apflbaum.“

Drum kummts etz mit an Messa grennt,
die Viecha hots vom Ast abtrennt.

Wäis dann ins Haus schleicht, iss ganz stumm
und dreht si einfach nimma um.

Des wor fei scho die erschte Nummer,
doch aa die zweite macht an Kummer.

2. Nummer

Ja, wäi die Gäng halt imma genga:
die Depression werd langsam wenger.
Und su denkts nouch und tout si tröstn:
Sie könnt die Viecher eingli röstn.
Des gibt a Veschper, wäi sis moch,
a Goutala fürn Trauertoch.

Dann gäiht die Bolte no in Keller
und hot in ihra Händ an Teller.
Dou kummt a Sauerkraut glei draf,
des wärmts gern imma wida af.
Wos dema wettn, dann mous schmeckn!
Drum tout sa si es Maul scho leckn.

Doch Max und Moritz, unser Por,
inzwischn aa beschäftigt wor.
Afs Dach steicht jeder, su schnell er ko,
und schaut etz durchn Schlot dou ro.

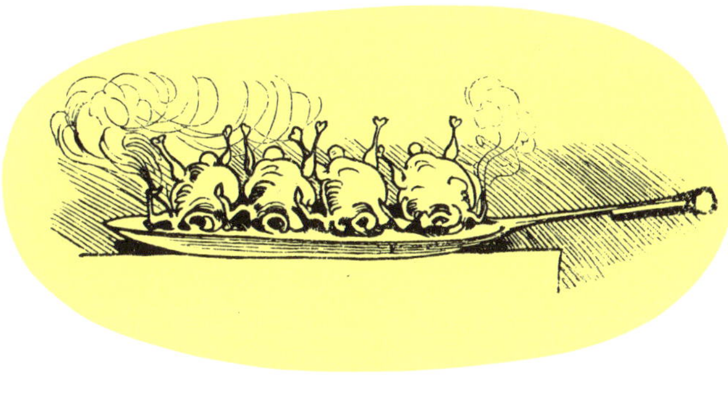

Mit aner Angl und viel Glück
hulns däi Wor raf dann, Stück für Stück.

Dä Pudl bellt, su laut er ko —
es Brüderpor saust scho davo.

— Die Frau hauts um, wäis des dou sicht,
dä Pudl macht a talkerts Gsicht.

„Du Viech, du Saukerl!“ su touts schreia,
„I kumm der scho, du konst di freia.“

Dä Arme kräicht zon Schluß dann Wichs!
Er jault und bellt — es hilft blouß nix.

Dä Max, dä Moritz unterdessn,
däi hom si dumm und deppert gfressn.
Zon Maul schaut nu a Knochn raus,
doch des macht däna gor nix aus.

Jaja, des wor die zweite Nummer,
und aa die nächste macht an Kummer.

3. Nummer

Däi Lausboum machn munter weiter,
es nächste Opfer is a Schneider.
Er tout es ganze Dorf eikleidn,
a jeder ko nern desweng leidn.
Die Jackn machter und die Westn,

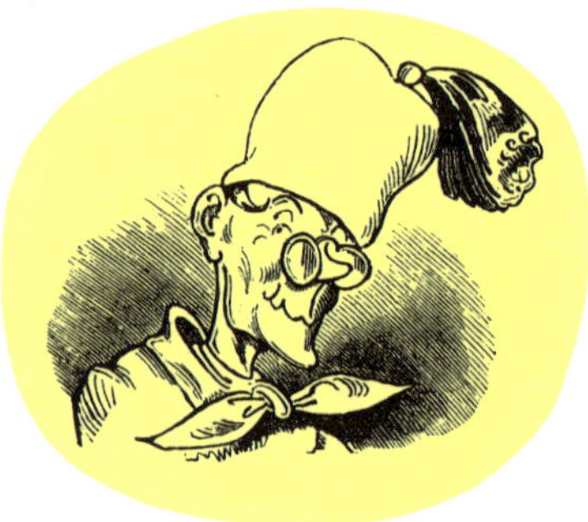

und seini Husn sin die bestn
im ganzn Ort und außerdem
in zwa, drei Dörfer glei danem.
Die Klader machtn kaner nouch,
und seine Preise sin net houch.
A Wohltot is halt, korz und gout,
die ganze Ärwat, wou der tout.

Dou flickt er grod an Kittl, Leit.
Doch Max und Moritz sin net weit.

Vurm Haus, dou läft a Wassarinna,
im Haisla hockt dä Schneider drinna.

A Brückn sicht ma nu dazou
für jedn, der dou rüber mou.
(Wenn i mers richti überlech:
däi Brückn is ner blouß a Stech.)

Dä Max tout an dän Hulz rumsäng.
Es Stechla wacklt scho desweng.

Nou soung sa si a gouts Versteck,
dann schreias: „Schneider Meck Meck Meck.
Meck meck meck, Herr Schneider Böck –
Wenn der net dou is, is er wek.“

Der härts, springt af, fängt o zo lafn:
„Däi Borschn tou er mer etz kafn.“

Däi Fregger hult er scho nu ei –
zwa Watschn kräings, villeicht aa drei.

Dou hockns ja, däi frechn Gstaltn.
Doch leider tout dä Stech net haltn.

Er bricht ausnander, des is dumm.
Des nimmt dä Schneider oba krumm,
wenn der net mol in Böck aushält,
statt dessn ausananderfällt.

Im Wasser strampln macht kan Spaß,
er is ja etz scho patschertnaß.
Und wal er laut um Hilfe schreit,
drum is die Rettung gor net weit.

Dou sin 2 Gäns, däi fläing davo —
dä Schneider hängt si hintndro.

Ins Trockne fällt er noo mit Macht,
däi 2 hom si ins Feistla glacht.

Su kummt er ham, a Opfer halt,
a tropfertnasse Jammergstalt.
Zon Glück hot er daham a Frau,
däi kennt die erschte Hilf genau.

Es Bügleisn touts erhitzn,
dä Schneider mou etz nämli schwitzn.
A Mensch braucht halt sei Weib und dann
a Bügleisn irgendwann.

Es Eisn tout nern werkli gout,
ner blouß sei Bauch werd feierrout.
Er lecht si nuan Toch ins Bett
und is dann wida ganz adrett.
Und drüm im Dorf freit ma si aa:
er is scho wida af die Baa.

Ja, des wor scho die 3. Nummer,
doch aa die 4. macht an Kummer.

4. Nummer

Dä nächste Streich is bsonders roh,
dä Lehrer Lämpl is etz dro.
Doch zerscht werd si Gedankn gmacht
und schäi in Knittlverschla gsacht,
warum dä Mensch wos lerna mou.
Mir gem etz unsern Senf dazou.

Er braucht ja net blouß Schreim und Lesn,
des is nu lang net allas gwesn.
Er soll ja net blouß buchstabiern,
blouß dividiern und subtrahiern,
am End wär er ner blouß a Wicht —
er braucht nu Anstandsunterricht.

Und aa Vernunft tät jeder braung,
däi derf er vuller Freid eisaung.
Dä brove Lämpl is der Mo,
der wou däi Wor am bestn ko.

Dä Lehrer Lämpl wor a Borsch!
a gouter Mo und gor net forsch.
Er tout sei Pflicht an jedn Toch,
sei Lem is nix wäi lauter Ploch.

Doch Max und Moritz möng desweng
in Lämpl net, sie sin dageng,
daß ma den Brovn reschpektiert,
wenn der sei Weisheit zelebriert.

Etz wor dä Lämpl vo der Art,
däi net am Geld fürn Tawak spart.
Es Raung entspannt, des is net nei,
dou braucht aa kaner neidisch sei.
Im Gengteil: nach an Toch vull Plouch
gönnt ma si wos, des i ka Frouch.
Doch unsri Lauser sengs net ei,
sie sin verdorm, des is net nei.

Etz homa Sunntoch, und mir seng
in Kantor Lämpl ganz verwegn
mit Händ und Fäiß die Tastn haua.
Su tout sis blouß dä Lämpl traua.

Dä Max und Moritz unterdessn,
däi sin af Unfuch ganz versessn.
Die Meerschaumpfeifn von den Lämpl
paßt dena Fregga gout in Krempl.
Mit dera Pfeifn, tenas denkn,
könnt ma in Lämpl prima kränkn.

Etz is er nu bam Orglspieln,
sie tena scho sei Pfeifn fülln
mit Pulver vo dä Sonderklaß,
wenns explodiert, des gibt an Spaß.
A Schicht Tawak kumt omadraf,
dann fällt in Lämpl gor nix af.

Nou hauas ab (die Kärch is aus)
und sausn aus dä Wohnung naus.

Dä Lämpl hot die Tür zougsperrt:
A Pflichtmensch is er, wäi sis ghärt.
(Des tout er jedn Arweitstoch,
der ogfüllt is mit Mäih und Ploch).
Dann gäiht er ham, — es is net weit —
dä Toch is rum, er freit si gscheit.

Etz is da Feierobnd dro,
dä Lämpl zünd sei Pfeifn o,

dä Goute strohlt, es Pfeifla schmeckt,
doch dann hot nern a Knall derschreckt.

„Mir gäihts an Krong“, dä Lämpl denkt,
dann hotsn blouß es Hor versengt,

es Gsicht is schwarz und aa die Händ –
dä brove Mo wär bal verbrennt.

Durch Zufall bleibt er doch am Lem.
A sua Glück touts seltn gem.
Doch aan Verlust vergißt er nie:
Die Pfeifn is af ewich hi.

Noja, des wor die 4. Nummer,
doch aa die 5. macht an Kummer.

5. Nummer

A Glickspülz, sacht ma ohne Spott,
is der, der wou an Onkl hot,
wal ja die Onkl (und die Tantn)
sin net die schlechtestn Verwandtn.
An suan Onkl mou ma pfleng,
ma mou si werkli ploung desweng.
Den tout ma immerzou umsorng:
Ma wünschtn gern an goutn Morng,
an goutn Omd, a goute Nacht,
su werd er halt in Stimmung bracht.
Ma hult nern seini Filzpantoffl
und ausn Keller die Kartoffl.

Obs suan Neffn werkli gem tout,
der wou nach Sympatie blouß strem tout?
Dä Max, dä Moritz, alli zwa,
däi song dou kategorisch Naa.
für däi is sua Onkl nix
als wäi a Opfer für die Tricks.

Drum hom däi zwa si heimli denkt,
daß jeda Maiakäfer fängt
su wäi sa si an Baim und Blätta
in Massn findn. Dunnerwetter!

Blouß schüttln mou ma, frisch und munter,
scho fallns wäi närsch zon Budn runter.

Doch solchi Krabbler mäißt ma hütn.
Am bestn packt mas in a Tütn.

Dann hom sis hi zon Onkl bracht
und wünschn nu a goute Nacht.
Ins Zimmer hom sis transportiert
und in dä Bettstatt deponiert.

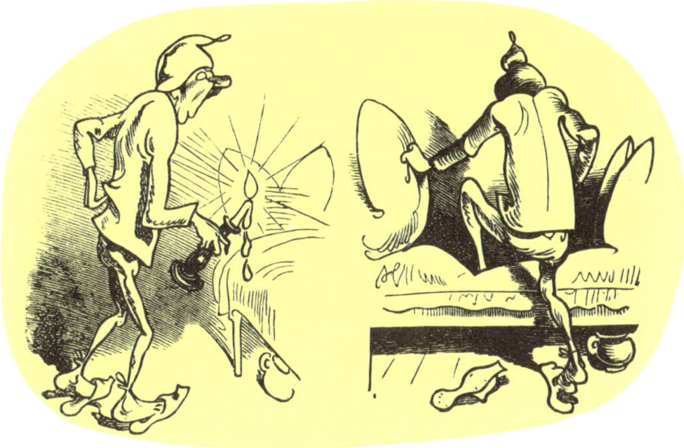

Omei, etz is dä Onkl dro!
Er kummt, hot blouß a Hemad o,
a Zipflmützn nu dazou
und an die Fäiß die leichtn Schouh.

Er is gscheit mäid heit und desweng
tout er si glei ins Bett neileng.

Scho schläft er ei, des fällt net schwer —
die Käfer kumma, dou schau her.

Die erschtn krabbln ja scho lous,
si sin, rein optisch, viel zu grouß.
Dä ane läft afd Nosn hi —
den Schreck vergißt dä Goute nie!

Su schnell host nu kan Onkl gweckt,
su arch host nu kan Onkl gneckt.
Nou fährt er houch: „Wos isn des?
Insektn von a solchn Größ?“

Glei springt er raus — wos soll i song —
die Viecher gäihts bestimmt an Krong.

Es fängt scho o, es Massnsterm:
Die ganzn Käfer mäin verderm.

Dou tout da Onkl si net schwer,
die Käferleichn wern immer mehr.

Am End von unsern Zwischnspül
sin alli hi, des is zuvül.

Schaut her, dou licht a klana Rest
vo dera Maiakäfapest.
Er lecht si wider nei ins Bett,
und ka schlechts Gwissn hot er net.

Dä Onkl find an gsundn Schlummer.
Die Käfer machn nern kan Kummer.

Des wor dä 5. Streich, wäi gsacht,
dann homs aa nu an 6. gmacht.

6. Nummer

Zur Osterzeit a leckers Brout,
des tout net blouß in Gauma gout.
Drum backn Bäcker überoll
ihr Zuckerwerk, su iss amol.
Im Frühjohr geschicht a bscheidns Wunder:
Die Menschheit gähnt in Winter runter.
Die Bäcker backn Osterkoung,
däi möchtn unsri zwa versoung!
Blouß homs ka Geld, wäi alli Lumpn,
und däna tout aa kana pumpn.
Su bleibt nix übri als wäi klaua!
Des tena si däi zwa scho traua.

Drum hots dä Bäcker in Verdacht
und hot net blouß sei Tür zougmacht,
er hots aa zougsperrt nu dazou.
Dann hot er vur den Gsindl Rouh.

Dä Moritz sacht: „Daß i net lach.
Dann klettern mir halt übers Dach.“

Und durchn Schlout sins runterkumma

und hom a Bod im Mehlstaub gnumma.

Su wern däi Lauser, des gäiht schnell,
von Kupf bis Fouß dann ziemli hell.
Und schau, wäi däi glei lousmarschiern!
Däi wolln ner blouß ka Zeit verliern.

Die Brezn soungs scho, vül sins net.
Däi ling dou oma af an Brett.
Sie wissn fei, wäis däi erreing:
Dou mou ma af an Stol nafsteing.

Dä Stol kracht zam, des gibt an Schloch —

nach hintn fläings etz in an Troch.
(Den homa vurher fast net gseng,
und mir sin überrascht desweng).

Bekleckert werns nu af amol,
ganz vuller Teich sins überoll.

Wäi däi etz ausseng — oardli, gell!
Und scho kummt aa dä Bäcker schnell.

Der freit si arch: däi hot er glei
und wicklts in den Teich schnell ei.
Sie rührn si net, wer kons verstäih?

Drum hot dä Bäcker aa ka Mäih
und schäibt däi zwa in Ufn nei.
Almächt, dou mous doch haß drin sei!
A sua Hitz hots nuni gem.
Däi ko fast kaner überlem.

Hot sies derwischt? Sinds gor verbrennt?
Dann wärn mer leida scho am End.

Däi mäin erscht abkühln, denkt dä Mo,
drum lahnt ers an dä Wänd dou o.

Und etz schau hi, des stinkt uns fei,
sie knabbern si vom Gfängnis frei.

Und scho sinds draußn und glei weg.
Der kummt zo spät, dä goute Bäck.

Etz homa scho die 6. Nummer,
doch aa die 7. macht an Kummer.

7. Nummer

Dä 7. Streich is korz und gout —
dä letzte, der uns ärchern tout.

Dä Bauer Mecke is grod weg,
nou schneidns Löcher in die Säck.

Scho is dä Bauer widerkumma
und hot si suan Sack glei gnumma.

Etz stutzt er fei und is ganz baff.
Er dreht si um: „Mich laust dä Aff."

Dou hockn zwa, däi ghern net her!

Paßt af, etz gibts ka Nochsicht mehr.

Er schauflts in an Sack schnell nei.
Und dena is net wohl dabei.

Die Mühl is dann es nächste Ziel.
Däi zwa dou drinna schwitzn viel!

Zon Müller sacht er: „Gouter Mo,
i hob a Ärwat, fang mer o.“

„Tous her, sacht der, ba mir gäihts schnell.
Däi wern derbröslt af dä Stell.“

Ma solls net glam: Es gäiht ganz fix.
Net viel bleibt übri. Na, fast nix

als wäi zwa schäini Silhuettn.
Daß däi ganz hi sin, möcht i wettn.

Die Gäns vom Müller hom des gfressn.
Af Lausboumkörner sinds versessn.

Ka Rest bleibt dou net — im Moment.
Des is es wohlverdiente End.

Dä Schluß

Die Leit im Dorf hom jubiliert.
Dou hot si kaner net scheniert.
Die Bolte wor fast nimmer gkränkt:
„Etz is passiert, wer hätt des denkt!“
„Omei omei, sacht dann dä Böck,
däi dumma Streich hom doch kan Zweck.“
Dä Lehrer Lämpl maant danem:
„Ka Beispiel hom däi doch net gem.“
Dä Bäcker is nu immer sauer:
„I frei mi arch. I gspür ka Trauer.“
Dä Onkel Fritz sacht: „Des is gscheit.
Mit dummi Streich kummt ma net weit.“
Und wos denkt nou dä Bauersmo?
„Mich gäihts ja überhaps nix o.“
Die ganze Ortschaft tout si freia.
Des End tout werkli gor kan reia.
„Mit Max und Moritz is halt aus.
Dou macht si kaner etz wos draus.“

Ebiloch

Viel Streichla hom däi Lausboum gmacht.
Dä Wilhelm Busch hot drüber glacht.
Mir lachn aa, und zwor desweng,
wal mir däi Wor moderner seng.
Ja, ja, dä Busch wor a Genießer.
Er hot nix übri für die Spießer.
Und seini Lausboum, wos uns gfällt,
däi sin Rebelln in dera Welt.
A solchs Problem, mir mäins betrachtn.
Ma sollt af jede Meinung achtn.
Des Tema sollt ma fei besprechn,
ma derf si scho in Kupf zerbrechn.
A Menge gibts zon Überleng,
es Pro und Kontra mou ma seng.

Die Dorfleit, däi sin Spießer zwor,
doch wäi stäihts mitn Brüderpor?
Däi bringa Viecher um aus Freid
und ärchern aa die goutn Leit.
Omei, dou kummt a Haufn zam,
däi zwa homs manchmol gnau beisam.
Es gibt a ganza Menge Gfrett —
noja, däi Käfer afn Bett
sin scho arch garschti, oda net?.
In Schneider tennas provoziern,
der mou ja die Geduld verliern.
Dä goute Lämpl, des is wohr,
der is am mastn doch in Gfohr:
Die Nummer mit dä Meerschaumpfeifn,
däi ko ma kaum als Scherz begreifn...

Dä Lehrer Lämpl wor ja brov.
Na, der verdient ja gor ka Strof.
Arch bieda ist die Witwe Bolt,
blouß daß in Hund net haua sollt.
Und wäi stäihts mitn Böck, in Schneider?
Der ist vädammt cholerisch, leider.
Dä Onkl mit dä Zipflhaum
killt Käfer in sein Bettstattraum,

suviel af amol, des glabt ma kaum.
Und erscht dä dicke Bäckamaster!
(Kan Noma hot er! No, wäi haßt er?)
Blouß Brezn wolln die Borschn klaua!
Und wos tout si dä Bäcka traua?!
Däi bringt er um — er is su frei —
drum schäibt ers in sein Ufn nei.
(Es Lem werd ihna trotzdem gschenkt,
doch des hot si dä Busch ausdenkt).
Dä Baua Mecke, ganz zum Schluß,
der macht uns fast nu mehr Verdruß.
In Master Müller stift er o,
wos der dann tout, is bsonders roh:
Sei Mühlrod tout däi zwa zerhackn,
des is es End vo däna Schlackn.

Die Gsellschaft domols wor scho streng,
ihr Denkn wor halt furchbar eng.
Gell! Dou ist allahand passiert,
des hot in Wilhelm Busch scheniert.
Drum schreibt ers recht ironisch af,
dann kummt net jeda Spießer draf,
daß den vergnüchtn Bridapor
vül Unrecht gscheng is, werkli wohr.

Trotzdem: Mir wolln net übatreim —
mir solltn afn Teppich bleim.
Die Nummern, däi fast jeder kennt,
sin blouß erfundn, aa es End,
wou vül zu streng is, Sakrament.
Drum härn mer af mit unsri Froung
und tenna ka Problem mehr soung.
Uns freia blouß däi Gschichtla etza,
dä Roob wünschts aa (dä Übasetza!).

Max und Moritz — in der Originalfassung von Wilhelm Busch

Vorwort

Ach, was muß man oft von bösen
Kindern hören oder lesen!!
Wie zum Beispiel hier von diesen,
Welche Max und Moritz hießen;

Die, anstatt durch weise Lehren
Sich zum Guten zu bekehren,
Oftmals noch darüber lachten
Und sich heimlich lustig machten. —
— Ja, zur Übeltätigkeit,
Ja, dazu ist man bereit! —
— Menschen necken, Tiere quälen,
Äpfel, Birnen, Zwetschgen stehlen — —
Das ist freilich angenehmer
Und dazu auch viel bequemer,
Als in Kirche oder Schule
Festzusitzen auf dem Stuhle. —
— Aber wehe, wehe, wehe!
Wenn ich auf das Ende sehe!! —
— Ach, das war ein schlimmes Ding,
Wie es Max und Moritz ging.
— Drum ist hier, was sie getrieben,
Abgemalt und aufgeschrieben.

Erster Streich

Mancher gibt sich viele Müh'
Mit dem lieben Federvieh;
Einesteils der Eier wegen,
Welche diese Vögel legen,
Zweitens: weil man dann und wann
Einen Braten essen kann;
Drittens aber nimmt man auch
Ihre Federn zum Gebrauch
In die Kissen und die Pfühle,
Denn man liegt nicht gerne kühle. –

Seht, da ist die Witwe Bolte,
Die das auch nicht gerne wollte.

Ihrer Hühner waren drei
Und ein stolzer Hahn dabei. –

Max und Moritz dachten nun:
Was ist hier jetzt wohl zu tun? –
– Ganz geschwinde, eins, zwei, drei,
Schneiden sie sich Brot entzwei,

In vier Teile, jedes Stück
Wie ein kleiner Finger dick.
Diese binden sie an Fäden,
Übers Kreuz, ein Stück an jeden,
Und verlegen sie genau
In den Hof der guten Frau. –
Kaum hat dies der Hahn gesehen,
Fängt er auch schon an zu krähen:
Kikeriki! Kikikerikih!! –
Tak, tak, tak!–da kommen sie.

Hahn und Hühner schlucken munter
Jedes ein Stück Brot hinunter;

Aber als sie sich besinnen,
Konnte keines recht von hinnen.

In die Kreuz und in die Quer
Reißen sie sich hin und her,

Flattern auf und in die Höh',
Ach herrje, herrjemine!

Ach, sie bleiben an dem langen,
Dürren Ast des Baumes hangen. —
— Und ihr Hals wird lang und länger,
Ihr Gesang wird bang und bänger;

Jedes legt noch schnell ein Ei,
Und dann kommt der Tod herbei. —

Witwe Bolte in der Kammer
Hört im Bette diesen Jammer;

Ahnungsvoll tritt sie heraus:
Ach, was war das für ein Graus!

„Fließet aus dem Aug', ihr Tränen!
All mein Hoffen, all mein Sehnen,
Meines Lebens schönster Traum
Hängt an diesem Apfelbaum!!"

Tiefbetrübt und sorgenschwer
Kriegt sie jetzt das Messer her;
Nimmt die Toten von den Strängen,
Daß sie so nicht länger hängen,

Und mit stummem Trauerblick
Kehrt sie in ihr Haus zurück. —

Dieses war der erste Streich,
Doch der zweite folgt sogleich.

Zweiter Streich

Als die gute Witwe Bolte
Sich von ihrem Schmerz erholte,
Dachte sie so hin und her,
Daß es wohl das beste wär',
Die Verstorb'nen, die hienieden
Schon so frühe abgeschieden,
Ganz im stillen und in Ehren
Gut gebraten zu verzehren. –
– Freilich war die Trauer groß,
Als sie nun so nackt und bloß
Abgerupft am Herde lagen,
Sie, die einst in schönen Tagen
Bald im Hofe, bald im Garten
Lebensfroh im Sande scharrten. –

Ach, Frau Bolte weint aufs neu,
Und der Spitz steht auch dabei. –

Max und Moritz rochen dieses;
„Schnell aufs Dach gekrochen!" hieß es.

Durch den Schornstein mit Vergnügen
Sehen sie die Hühner liegen,
Die schon ohne Kopf und Gurgeln
Lieblich in der Pfanne schmurgeln. –

Eben geht mit einem Teller
Witwe Bolte in den Keller,

Daß sie von dem Sauerkohle
Eine Portion sich hole,
Wofür sie besonders schwärmt,
Wenn er wieder aufgewärmt. –

– Unterdessen auf dem Dache
Ist man tätig bei der Sache.
Max hat schon mit Vorbedacht
Eine Angel mitgebracht. –

Schnupdiwup! da wird nach oben
Schon ein Huhn heraufgehoben.
Schnupdiwup! jetzt Numro zwei;
Schnupdiwup! jetzt Numro drei;
Und jetzt kommt noch Numro vier:
Schnupdiwup! dich haben wir!! –
Zwar der Spitz sah es genau,
Und er bellt: Rawau! Rawau!

Aber schon sind sie ganz munter
Fort und von dem Dach herunter. –

– Na! Das wird Spektakel geben,
Denn Frau Bolte kommt soeben;
Angewurzelt stand sie da,
Als sie nach der Pfanne sah.

Alle Hühner waren fort –
„Spitz!!" – das war ihr erstes Wort. –

„Oh, du Spitz, du Ungetüm!!
Aber wart! ich komme ihm!!!"

Mit dem Löffel, groß und schwer,
Geht es über Spitzen her;
Laut ertönt sein Wehgeschrei,
Denn er fühlt sich schuldenfrei. –

– Max und Moritz im Verstecke
Schnarchen aber an der Hecke
Und vom ganzen Hühnerschmaus
Guckt nur noch ein Bein heraus.

Dieses war er zweite Streich,
Doch der dritte folgt sogleich.

Dritter Streich

Jedermann im Dorfe kannte
Einen, der sich Böck benannte. —

— Alltagsröcke, Sonntagsröcke,
Lange Hosen, spitze Fräcke,
Westen mit bequemen Taschen,
Warme Mäntel und Gamaschen —
Alle diese Kleidungssachen
Wußte Schneider Böck zu machen. —
Oder wäre was zu flicken,
Abzuschneiden, anzustücken,
Oder gar ein Knopf der Hose
Abgerissen oder lose —
Wie und wo und was es sei,
Hinten, vorne, einerlei —
Alles macht der Meister Böck,
Denn das ist sein Lebenszweck. —
— Drum so hat in der Gemeinde
Jedermann ihn gern zum Freunde. —
— Aber Max und Moritz dachten,
Wie sie ihn verdrießlich machten. —

Nämlich vor des Meisters Hause
Floß ein Wasser mit Gebrause.

Übers Wasser führt ein Steg
Und darüber geht der Weg. —

Max und Moritz, gar nicht träge,
Sägen heimlich mit der Säge,
Ritzeratze! voller Tücke,
In die Brücke eine Lücke. —

Als nun diese Tat vorbei,
Hört man plötzlich ein Geschrei:

„He, heraus! du Ziegen-Böck!
Schneider, Schneider, meck, meck, meck!!" —
— Alles konnte Böck ertragen,

Ohne nur ein Wort zu sagen;
Aber wenn er dies erfuhr,
Ging's ihm wider die Natur.

Schnelle springt er mit der Elle
Über seines Hauses Schwelle,
Denn schon wieder ihm zum Schreck
Tönt ein lautes: „Meck, meck, meck!!"

Und schon ist er auf der Brücke,
Kracks! die Brücke bricht in Stücke;

Wieder tönt es: „Meck, meck, meck!"
Plumps! Da ist der Schneider weg!

Grad als dieses vorgekommen,
Kommt ein Gänsepaar geschwommen,
Welches Böck in Todeshast
Krampfhaft bei den Beinen faßt.

Beide Gänse in der Hand,
Flattert er auf trocknes Land. –

Übrigens bei alledem
Ist so etwas nicht bequem;

Wie denn Böck von der Geschichte
Auch das Magendrücken kriegte.

Hoch ist hier Frau Böck zu preisen!
Denn ein heißes Bügeleisen,
Auf den kalten Leib gebracht,
Hat es wieder gut gemacht. –

— Bald im Dorf hinauf, hinunter,
Hieß es: Böck ist wieder munter!!

Dieses war der dritte Streich,
Doch der vierte folgt sogleich.

Vierter Streich

Also lautet ein Beschluß:
Daß der Mensch was lernen muß. –
– Nicht allein das A-B-C
Bringt den Menschen in die Höh';
Nicht allein im Schreiben, Lesen
Übt sich ein vernünftig Wesen;
Nicht allein in Rechnungssachen
Soll der Mensch sich Mühe machen;
Sondern auch der Weisheit Lehren
Muß man mit Vergnügen hören. –

Daß dies mit Verstand geschah,
War Herr Lehrer Lämpel da. –

– Max und Moritz, diese beiden,
Mochten ihn darum nicht leiden;
Denn wer böse Streiche macht,
Gibt nicht auf den Lehrer acht. –

Nun war dieser brave Lehrer
Von dem Tobak ein Verehrer,
Was man ohne alle Frage
Nach des Tages Müh und Plage
Einem guten, alten Mann
Auch von Herzen gönnen kann. –

– Max und Moritz, unverdrossen,
Sinnen aber schon auf Possen,
Ob vermittelst seiner Pfeifen
Dieser Mann nicht anzugreifen. –

– Einstens, als es Sonntag wieder
Und Herr Lämpel brav und bieder
In der Kirche mit Gefühle
Saß vor seinem Orgelspiele,
Schlichen sich die bösen Buben
In sein Haus und seine Stuben,
Wo die Meerschaumpfeife stand;
Max hält sie in seiner Hand;

Aber Moritz aus der Tasche
Zieht die Flintenpulverflasche,
Und geschwinde, stopf, stopf, stopf!
Pulver in den Pfeifenkopf. —
Jetzt nur still und schnell nach Haus,
Denn schon ist die Kirche aus. —

— Eben schließt in sanfter Ruh'
Lämpel seine Kirche zu;

Und mit Buch und Notenheften,
Nach besorgten Amtsgeschäften,

Lenkt er freudig seine Schritte
Zu der heimatlichen Hütte,

Und voll Dankbarkeit sodann,
Zündet er sein Pfeifchen an.

„Ach!" — spricht er — „die größte Feud'
Ist doch die Zufriedenheit!! —"

Rums!! — Da geht die Pfeife los
Mit Getöse, schrecklich groß.
Kaffeetopf und Wasserglas,
Tobaksdose, Tintenfaß,
Ofen, Tisch und Sorgensitz —
Alles fliegt im Pulverblitz. —

Als der Dampf sich nun erhob,
Sieht man Lämpel, der — gottlob!
Lebend auf dem Rücken liegt;
Doch er hat was abgekriegt.

Nase, Hand, Gesicht und Ohren
Sind so schwarz als wie die Mohren,
Und des Haares letzter Schopf
Ist verbrannt bis auf den Kopf. —

Wer soll nun die Kinder lehren
Und die Wissenschaft vermehren?
Wer soll nun für Lämpel leiten
Seine Amtestätigkeiten?
Woraus soll der Lehrer rauchen,
Wenn die Pfeife nicht zu brauchen??

Mit der Zeit wird alles heil,
Nur die Pfeife hat ihr Teil.

Dieses war der vierte Streich,
Doch der fünfte folgt sogleich.

Fünfter Streich

Wer im Dorfe oder Stadt
Einen Onkel wohnen hat,
Der sei höflich und bescheiden,
Denn das mag der Onkel leiden. –
– Morgens sagt man: „Guten Morgen!
Haben Sie was zu besorgen?“
Bringt ihm, was er haben muß:
Zeitung, Pfeife, Fidibus. –
Oder sollt’ es wo im Rücken
Drücken, beißen oder zwicken,
Gleich ist man mit Freudigkeit
Dienstbeflissen und bereit. –
Oder sei’s nach einer Prise,
Daß der Onkel heftig niese,
Ruft man: „Prosit!“ allsogleich,
„Danke, wohl bekomm’ es Euch!“ –
Oder kommt er spät nach Haus,
Zieht man ihm die Stiefel aus,
Holt Pantoffel, Schlafrock, Mütze,
Daß er nicht im Kalten sitze–
Kurz, man ist darauf bedacht,
Was dem Onkel Freude macht. –

– Max und Moritz ihrerseits
Fanden darin keinen Reiz. –
– Denkt euch nur, welch’ schlechten Witz
Machten sie mit Onkel Fritz! –

Jeder weiß, was so ein Mai-
Käfer für ein Vogel sei.
In den Bäumen hin und her
Fliegt und kriecht und krabbelt er.

Max und Moritz, immer munter,
Schütteln sie vom Baum herunter.

In die Tüte von Papiere
Sperren sie die Krabbeltiere. –

Fort damit, und in die Ecke
Unter Onkel Fritzens Decke!

Bald zu Bett geht Onkel Fritze
In der spitzen Zippelmütze;

Seine Augen macht er zu,
Hüllt sich ein und schläft in Ruh.

Doch die Käfer, kritze, kratze!
Kommen schnell aus der Matratze.

Schon faßt einer, der voran,
Onkel Fritzens Nase an.

„Bau!!" schreit er—„Was ist das hier?!!"
Und erfaßt das Ungetier..

Und den Onkel, voller Grausen,
Sieht man aus dem Bette sausen.

„Autsch!!" — Schon wieder hat er einen
Im Genicke, an den Beinen;

Hin und her und rund herum
Kriecht es, fliegt es mit Gebrumm.

Onkel Fritz, in dieser Not,
Haut und trampelt alles tot.

Guckste wohl! Jetzt ist's vorbei
Mit der Käferkrabbelei!!

Onkel Fritz hat wieder Ruh'
Und macht seine Augen zu.

Dieses war der fünfte Steich,
Doch der sechste folgt sogleich.

Sechster Streich

In der schönen Osterzeit,
Wenn die frommen Bäckersleut'
Viele süße Zuckersachen
Backen und zurechte machen,
Wünschten Max und Moritz auch
Sich so etwas zum Gebrauch. –

Doch der Bäcker, mit Bedacht,
Hat das Backhaus zugemacht.

Also, will hier einer stehlen,
Muß er durch den Schlot sich quälen. –

Ratsch! – Da kommen die zwei Knaben
Durch den Schornstein, schwarz wie Raben.

Puff! – Sie fallen in die Kist',
Wo das Mehl darinnen ist.

Da! Nun sind sie alle beide
Rund herum so weiß wie Kreide.

Aber schon mit viel Vergnügen
Sehen sie die Brezeln liegen.

Knacks!! – Da bricht der Stuhl entzwei.

Schwapp! – Da liegen sie im Brei.

Ganz von Kuchenteig umhüllt
Stehn sie da als Jammerbild. –

Gleich erscheint der Meister Bäcker
Und bemerkt die Zuckerlecker.

Eins, zwei, drei! – eh' man's gedacht,
Sind zwei Brote draus gemacht.

In dem Ofen glüht es noch —
Ruff!! — damit ins Ofenloch!

Ruff!! Man zieht sie aus der Glut;
Denn nun sind sie braun und gut. —

— Jeder denkt, „die sind perdü!"
Aber nein! — noch leben sie! —

Knusper knasper! — Wie zwei Mäuse
Fressen sie durch das Gehäuse;

Und der Meister Bäcker schrie:
„Ach herrje! da laufen sie!!" —

Dieses war der sechste Streich,
Doch der letzte folgt sogleich.

Letzter Streich

Max und Moritz, wehe euch!
Jetzt kommt euer letzter Streich! —

Wozu müssen auch die beiden
Löcher in die Säcke schneiden?? —

— Seht, da trägt der Bauer Mecke
Einen seiner Maltersäcke. —

Aber kaum, daß er von hinnen,
Fängt das Korn schon an zu rinnen.

Und verwundert steht und spricht er:
„Zapperment! Dat Ding werd lichter!"

Hei! Da sieht er voller Freude
Max und Moritz im Getreide.

Rabs!! — In seinen großen Sack
Schaufelt er das Lumpenpack.

Max und Moritz wird es schwüle,
Denn nun geht es nach der Mühle. –

„Meister Müller, he, heran!
Mahl er das, so schnell er kann!"

„Her damit!!" Und in den Trichter
Schüttelt er die Bösewichter. –

Rickeracke! Rickeracke!
Geht die Mühle mit Geknacke.

Hier kann man sie noch erblicken
Fein geschroten und in Stücken.

Doch sogleich verzehret sie
Meister Müllers Federvieh.

Schluß

Als man dies im Dorf erfuhr,
War von Trauer keine Spur
Witwe Bolte, mild und weich,
Sprach: "Sieh da, ich dacht es gleich!"
„Ja, ja, ja!" rief Meister Böck,
„Bosheit ist kein Lebenszweck!"
Drauf, so sprach Herr Lehrer Lämpel:
„Dies ist wieder ein Exempel!"
„Freilich!" meint der Zuckerbäcker,
„Warum ist der Mensch so lecker?!"
Selbst der gute Onkel Fritze
Sprach: „Das kommt von dumme Witze!"
Doch der brave Bauersmann
Dachte: „Wat geiht meck dat an?!"
Kurz, im ganzen Ort herum
Ging ein freudiges Gebrumm:
„Gott sei Dank! Nun ist's vorbei
Mit der Übeltäterei!!"

Etz horcht mol her, ihr goutn Leit:
Mir winschn eich a Mords-Trumm-Freid,
dä Busch, dä Roob und dä Verlach —
zon Max und Moritz in dä Muttasproch,

und wenns eich gfällt, däi ganze Wor,
dann wär des werkli wundabor.
Sachts weita, Leit, mir bitten drum,
dann möng mer eich als Publikum.

Die beliebten Mundart-Bücher aus dem Verlag A. Hofmann von Franken - für Franken

Egon Helmhagen *Da lacht der Franke*

Egon Helmhagen *Wir Franken*

R. J. Weickmann *Die Kartlakademie Weinzierlein*

R. J. Weickmann *Wärdshaus-Gschmarri*

R. J. Weickmann *Der Gänsgrong trifft den Dittlasbatscher*

Georg Falkner *Gout g'launt*

Schorsch Drechsler *Die Henna und die Nachtigall*

Antonie Strebel *Unser Strebala*

Eduard Dietz *Es woar alles ganz anderscht*

Karl Vogt / Willi Händel *Die 2 Peterlesboum*

Eduard Dietz *Iich sooch goar nix*

Otti Schwarzhuber *Allmächt, wäi oardli*

Kurt Patzschke *Der Noah afn Walberla*

Egon Helmhagen *Närmbercher ABC*

Gottlieb Meyer *Der Becknbou*

Hans Mehl *Su genga die Geng*

Verlag A. Hofmann *Konrad Grübel*

Eduard Dietz *Dou gibbts nix zum Lachn*

Kurt Patzschke *Der Breetznmoh*

Günter Aigengruber *A Blädzla zum Leem*

Irene Reif *In Sauerbegg sei Rußla*

Su wöi die Leit senn, is ka Mensch
(Anthologie des Collegiums Nürnberger Mundartforscher)

Alfred Raab *Unsä Göte*